MURILO CAVALIERI FRAY FRANCHINI BELLO & ANDRÉA FRAY FRANCHINI BELLO

O DESAPARECIMENTO DO SAPATO DO SR. JOSH

ILUSTRADO POR
THITO BELLO

EDITORA
Labrador

É o registro que garante os direitos autorais de quem escreveu o livro.

Estas são as pessoas que escreveram o livro.

É a editora que publicou o livro.

Copyright © 2023 de Murilo Cavalieri Fray Franchini Bello, Andréa Fray Franchini Bello e Thito Bello
Todos os direitos desta edição reservados à editora Labrador.

Coordenação editorial
Pamela Oliveira

São as pessoas que ajudaram o autor a transformar a história em um livro.

Assistência editorial
Leticia Oliveira
Jaqueline Corrêa

Ilustrações de capa e miolo
Thito Bello

É a pessoa que criou todos os desenhos do livro.

Projeto gráfico, diagramação e capa
Amanda Chagas

É a pessoa que montou o livro no computador.

Preparação de texto
Júlia Nejelschi

São as pessoas que corrigiram o texto.

Revisão
Carla Sacrato

É o número de registro do livro, como se fosse o seu documento.

Dados Internacionais de Catalogação na Publicação (CIP)
Jéssica de Oliveira Molinari - CRB-8/9852

Bello, Murilo
   O desaparecimento do sapato do sr. Josh / Murilo Cavalieri Fray Franchini Bello, Andréa Fray Franchini Bello, Thito Bello. — São Paulo : Labrador, 2023.
   80 p. : il.

ISBN 978-65-5625-354-1

1. Literatura infantojuvenil brasileira 2. Família I. Título II. Fray, Andréa III. Bello, Thito

23-3542   CDD 028.5

Índice para catálogo sistemático:
1. Literatura infantojuvenil brasileira

Editora Labrador
Diretor editorial: Daniel Pinsky
Rua Dr. José Elias, 520 – Alto da Lapa
05083-030 – São Paulo – SP
+55 (11) 3641-7446
contato@editoralabrador.com.br
www.editoralabrador.com.br

A reprodução de qualquer parte desta obra é ilegal e configura uma apropriação indevida dos direitos intelectuais e patrimoniais dos autores. A editora não é responsável pelo conteúdo deste livro.
Esta é uma obra de ficção. Qualquer semelhança com nomes, pessoas, fatos ou situações da vida real será mera coincidência.

Um pé na imaginação

POR ADRIANA CALABRÓ

A literatura é uma experiência, um exercício de empatia, um convite ao inesperado e à descoberta. E, nesse universo, todas as experimentações são possíveis, especialmente se forem capazes de aproximar as pessoas: o escritor do leitor, o leitor de outro leitor e, no caso de *O desaparecimento do sapato do sr. Josh*, também uma deliciosa aproximação de mãe, pai e filho. Sim, a escrita conjunta de duas gerações, com uma temática que envolve o público infantil, por ser lúdica, e que faz sentido para mães/pais, por ser didática, é realmente um vasto oceano para criar, brincar, aprender e ensinar.

A história tem o *nonsense* perfeitamente lógico das crianças e o olhar narrativo de um adulto que permite e sustenta essa livre imaginação. Não seria esse o melhor dos cenários? Afinal, numa realidade povoada por telas, em que a visão de mundo tem sido bastante passiva, a possibilidade de ser agente criador, afirmada dentro da família, com uma ferramenta potente como a escrita é, de certa forma, uma pequena revolução. Que o convite feito por este livro seja aceito por crianças e adultos com uma mente livre e atenta, pronta a achar um sapato que é uma bota e, ainda por cima, tem poderes mágicos. Sempre é tempo de dar uma olhadinha no armário e ver se o item perdido do sr. Josh não está lá, esperando novas aventuras!

Caros adultos,

"A utopia está lá no horizonte.
Me aproximo dois passos,
ela se afasta dois passos.
Caminho dez passos e o horizonte corre dez passos. Por mais que eu caminhe, jamais a alcançarei.
Para que serve a utopia?
Serve para isto: para que eu não deixe de caminhar."

FERNANDO BIRRI
citado por Eduardo Galeano em entrevista.

Quais são seus sonhos? Vocês os têm? Eu sonho em ser um ser humano melhor. Sonho com transformações internas. Sonho com meu autoconhecimento. Sonho em conectar-me comigo mesma. Olhar atento, honesto, corajoso, disciplinado para desvelar-me. Assim, deixarei um legado para todos com quem convivo. Com a consciência desperta, em que cada um de nós assume seu papel de adulto, quem sabe podemos construir um mundo que objetive a cultura de paz. Generosamente, de um jeito divertido e delicado, os autores deste livro denunciam tempos desequilibrados de diversão tecnológica, nos alertando, pela metáfora das botas perdidas do sr. Josh, que estamos negligenciando tanto os diálogos internos quanto os externos. Diálogos esses que nos fazem crescer, nos conhecer e nos ensinam a desenvolver a virtude do amor e do respeito. Quantos de nós perdemos nossas botas, tal qual o sr. Josh, e nem ao menos nos demos conta dessa perda? Estamos exercitando o autocontrole, a autodisciplina e o autodomínio? Será que há equilíbrio em nossas escolhas? Ou será que também fomos capturados pelo temível Sr. Cubíssimus? Sequestrados e distraídos, alheios ao que acontece ao redor e à própria família, nossas crianças e jovens estão correndo sérios riscos. A falta de diálogo e cuidados preciosos está transformando os lares em torres de Babel, cada pessoa em seu canto, todos absorvidos pelo mundo virtual. Sabemos de todos os benefícios das tecnologias digitais, elas não são intrinsecamente maléficas. Ao contrário, constituem ferramenta bastante facilitadora, seus riscos ou benefícios dependem do uso que fazemos delas. Como enfrentaremos a situação, então? Desistir de nós mesmos, de nossos filhos e de nossos jovens? Deixá-los à mercê do que está sendo oferecido, sem supervisão, sem critérios? Qual é o papel dos adultos? Para sairmos desse imbróglio, precisamos educar nossas forças internas, reconquistar as rédeas de nossa vida e nos colocarmos no papel de modelos para nossas crianças e jovens. Ao mesmo tempo, assumirmos a responsabilidade na reconstrução das famílias, de maneira que haja acordos com relação aos momentos juntos, prevalecendo sempre o equilíbrio com tudo. Este é o meu sonho: um mundo onde as pessoas aprendam a ser mais humanas, mais tolerantes, mais generosas e mais respeitosas. E isso só será construído por meio do diálogo.

MIRIÃ SALLES
Uma alma educadora.

Querida família,

"A família é a estrutura de cada ser humano. Quem quer encontrar o seu lugar certo e a sua tarefa na vida deve conhecer os seus princípios básicos, as Leis do Amor, pois elas regem o sucesso em todos os níveis. [...] Para cada pessoa só há um lugar certo na família, e esse é o seu próprio lugar. Uma vez encontrado e tomado este lugar, uma nova perspectiva se abre, o que torna a pessoa capaz de agir."

BERT HELLINGER

Este livro nasceu como consequência de muita dedicação ao nosso cotidiano familiar e em consequência de um sonho em família, e se tornou uma possibilidade concreta na comunhão com uma alma educadora, Miriã Salles, personalidade que, assim como a autora, acredita na família como alicerce para quaisquer novos progressos que possamos conquistar enquanto sociedade. Além disso, foi com base no amor referenciado nas famílias de cada um dos que atuaram nesta produção e, ainda, com honraria às suas histórias e às suas ancestralidades, que esta obra se realiza. Ela poderá se perpetuar por meio dos futuros profissionais e estudantes que a lerão hoje. Assim queremos! Enfim, é com todo esse arcabouço emocional, de reunião de conhecimentos e forças, que este título chega às mãos dos leitores e faz possível, no agora, a nossa comunicação.

O desaparecimento do sapato do sr. Josh foi criado durante a pandemia, nas férias escolares de 2020/2021. Deu-se a partir de uma brincadeira familiar, quando o papai Maurício, ilustrador, estava à procura do seu sapato e o filho Murilo intitulou o momento de "o desaparecimento do sapato do papai", o que acabou estimulando na mamãe Andréa a realização de algo curtido há muitos anos, a vontade de escrever um livro com seu filho, em função de seu gosto por escrita e de atividades educativas e de passatempo bem-sucedidas, dessas que toda *mamãe materna* faz, e, ainda, da presença da leitura como vínculo em sua história familiar.

Você deve estar se perguntando por que estou contando tudo isso? Explico! Porque o intuito é ilustrar, com a realidade, o que um livro pode fazer por uma relação: estreitar, criar e fortalecer os laços, formar lugar de fala, de importância, de presença, de rotina, de expressão e de valorização de habilidades, de ensino e aprendizagem e de abertura segura para universos desconhecidos, inclusive, para os quais se pode refletir, debater e orientar. Histórias ajudam a construir lugar interno e tem o potencial de reunir pessoas para o seu compartilhar.

Cada tempo a seu tempo, cada era com seus desafios, queremos, com este livro, chamar atenção ao seu lugar de pai e mãe, à importância do estar junto e de ser suporte e integração, onde se vê, atualmente, cisão entre tempo ocupado e tempo vivido, entre o ser para a experiência e o ser para exibir, onde não vemos diálogo. Viemos aqui munidos da proposta da interatividade visando a estimulação de uma postura presente e ativa da família, num momento em que a tecnologia nos afasta.

Friso, aqui, que, querendo ou não, somos as primeiras gerações de pais com a demanda de educar junto às telas e ainda não sabemos as consequências de sua boa ou má administração. No entanto, precisamos começar a "sair da nuvem" e a nos configurar para não deixar passar o bem maior aos nossos filhos: referência, presença e estrutura, encontradas no amor e na família, dos tantos modos que ela pode vir a se apresentar.

Sugerimos que leiam o livro em voz alta e se atenham a um clima possível de contação de história. Vocês podem se imaginar num céu aberto, cheio de estrelas, em volta de uma fogueira ou, então, numa longa viagem dentro de um belo trem em que personagens distintos aparecem para distraí-los e enredá-los em um tempo-espaço único, onde, como diria o personagem Lucas Silva e Silva, da série da Tv Cultura *O Mundo da Lua*, tudo pode acontecer.

Boa leitura!

ANDRÉA FRAY

Era uma vez...

Uma família que morava numa casa de muitos mil andares. Na verdade, ela tinha menos, mas é como o autor e a autora da história querem contar... Já vamos avisando que esta história é... hum... como diríamos... Ah, sim! Vamos usar uma gíria: bem LOUCA. Preparado?

Nessa casa, tinha uma família de mil pessoas. Na verdade, era menos, mas você já sabe!

Detalhe: cada pessoa da casa morava em um andar. Somente a bebê Anny dividia o quarto com seus pais, o casal Josh, os anciãos criadores dessa verdadeira Torre de Babel familiar!

Ops! (Barulho de freada, fritando o pneu!)

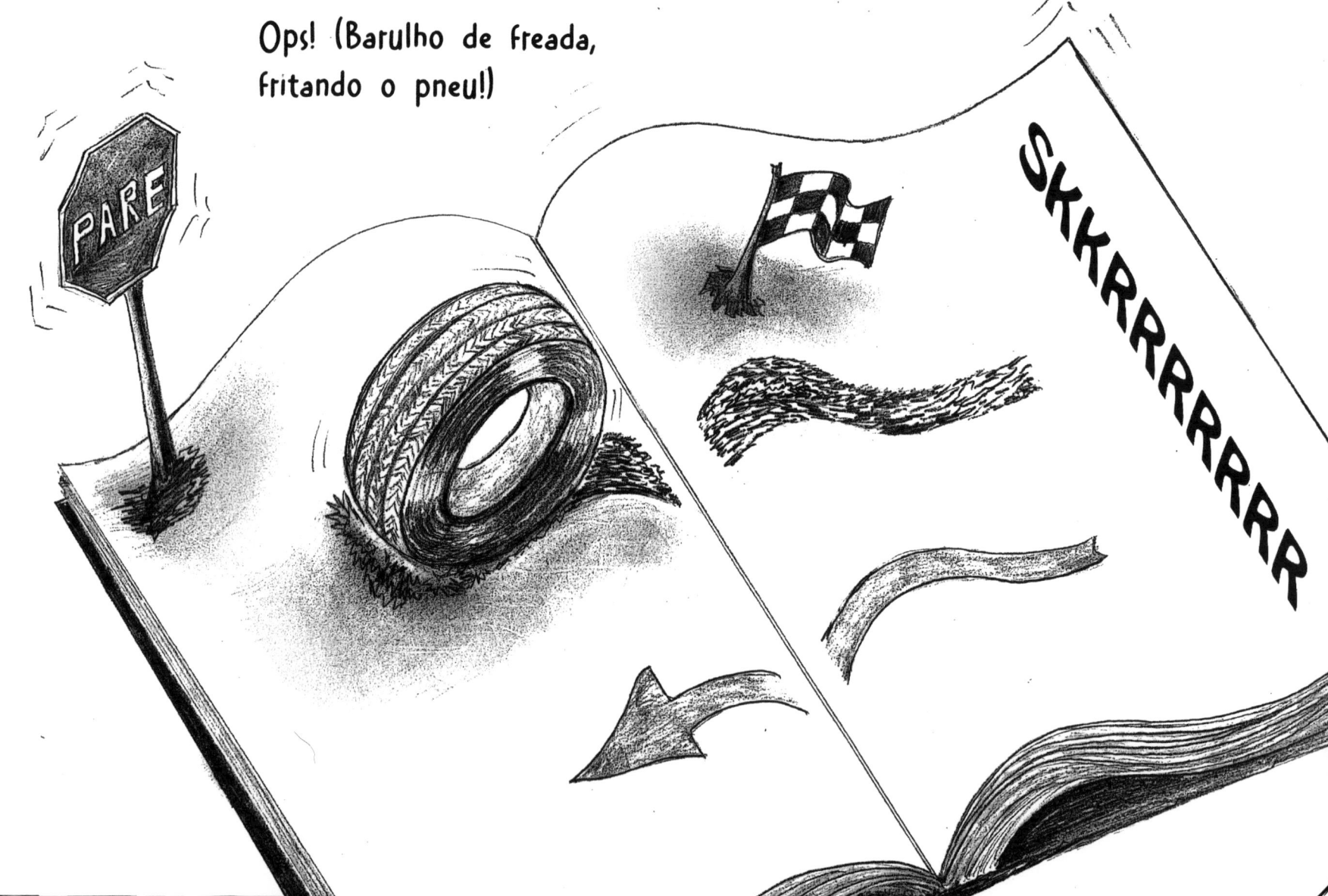

SKKRRRRRR

Você sabe o que é a Torre de Babel?

A Torre de Babel é um mito. Fala de uma torre alta, muito alta mesmo, feita com a intenção de chegar até o céu! Essa imagem está atrelada à explicação da origem das diferentes línguas na humanidade. Nas palavras do autor deste livro, é tipo quando alguns humanos começaram a falar BLÁ, BLÁ, BLÁ e outros: FÁ, FÁ, FÁ. Enfim, a Torre de Babel tenta explicar o que, na verdade, não se sabe: a origem dos diferentes idiomas e a importância do diálogo para um bom trabalho em equipe.

Como você imagina a Torre de Babel e a casa de mil andares da família Josh? Desenhe no espaço abaixo.

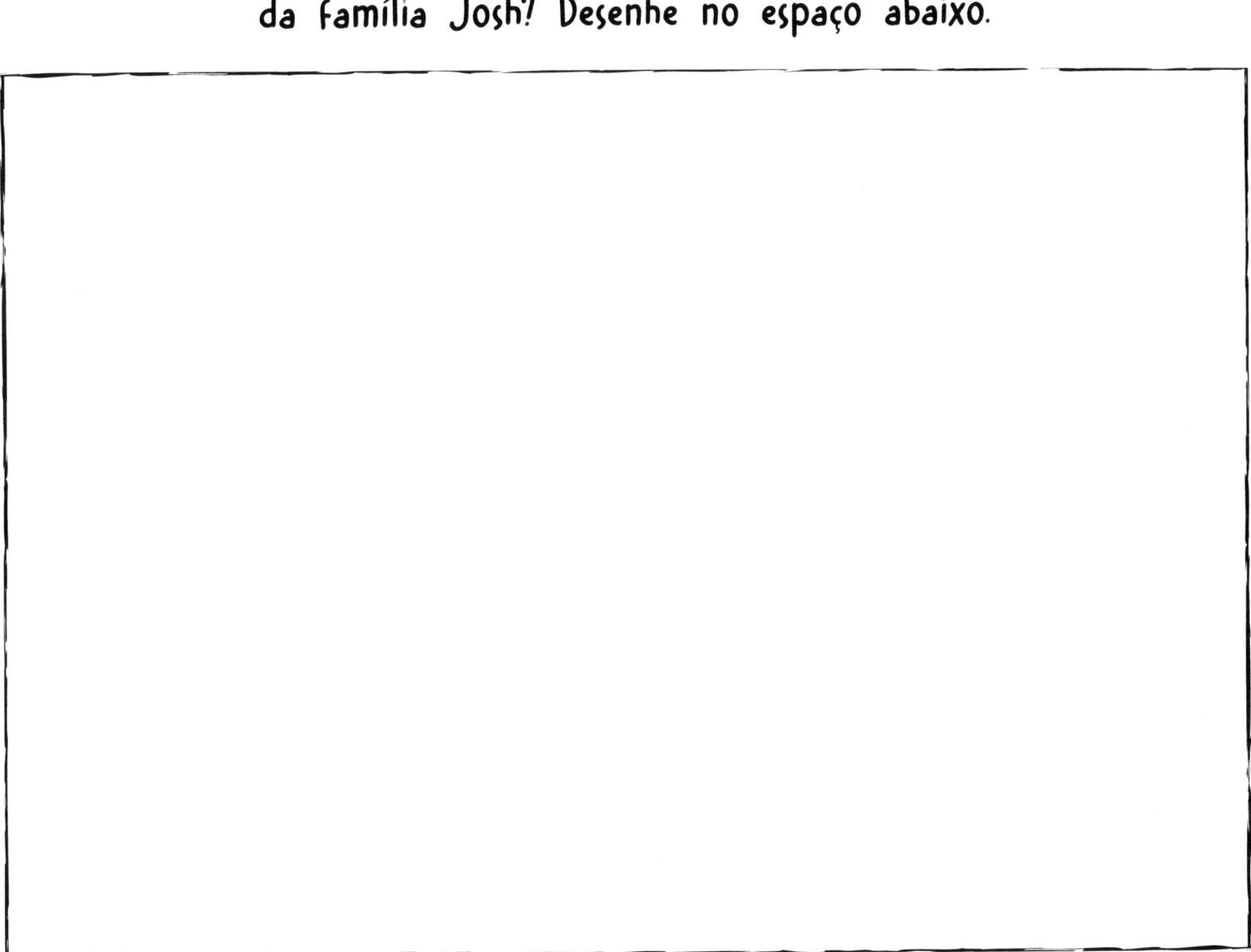

Na próxima página, você verá como é a casa de mil andares para nós!

Bom, explicada a Torre de Babel. Vamos falar sobre o casal Josh.

Observação: é importante dizer que o autor gostaria logo de apresentar os heróis que viviam na casa. Mas a autora achou importante explicar antes suas origens.

O casal Josh era...

Feliz, doido e triste, tudo ao mesmo tempo, simplesmente porque, como na vida de qualquer pessoa, aconteciam coisas boas, malucas e ruins!

Hoje vamos contar um fato curioso. Trata-se do desaparecimento do sapato do sr. Josh, reunindo tudo isso em uma coisa só:

Felicidade + maluquice + tristeza = (que é igual) a FE-LI-LU-QUI-ZA!

Isso mesmo!

Esse objeto desaparecido que alguém roubou, era o sapato de sorte do sr. Josh.

O sr. Josh ficou muito triste por ter perdido o sapato porque, além de dar sorte, o calçado fornecia poderes para seu dono liderar a equipe de 50 heróis da família. Era a chamada:

E, se você está se perguntando quais poderes a bota dava ao sr. Josh, vamos contar agora, depois deste ponto-final.

Mas, antes!

(Som de freada, pneu deixando rastro na pista.)

Esclarecendo:

— SIM! O SAPATO ERA UMA BOTA!

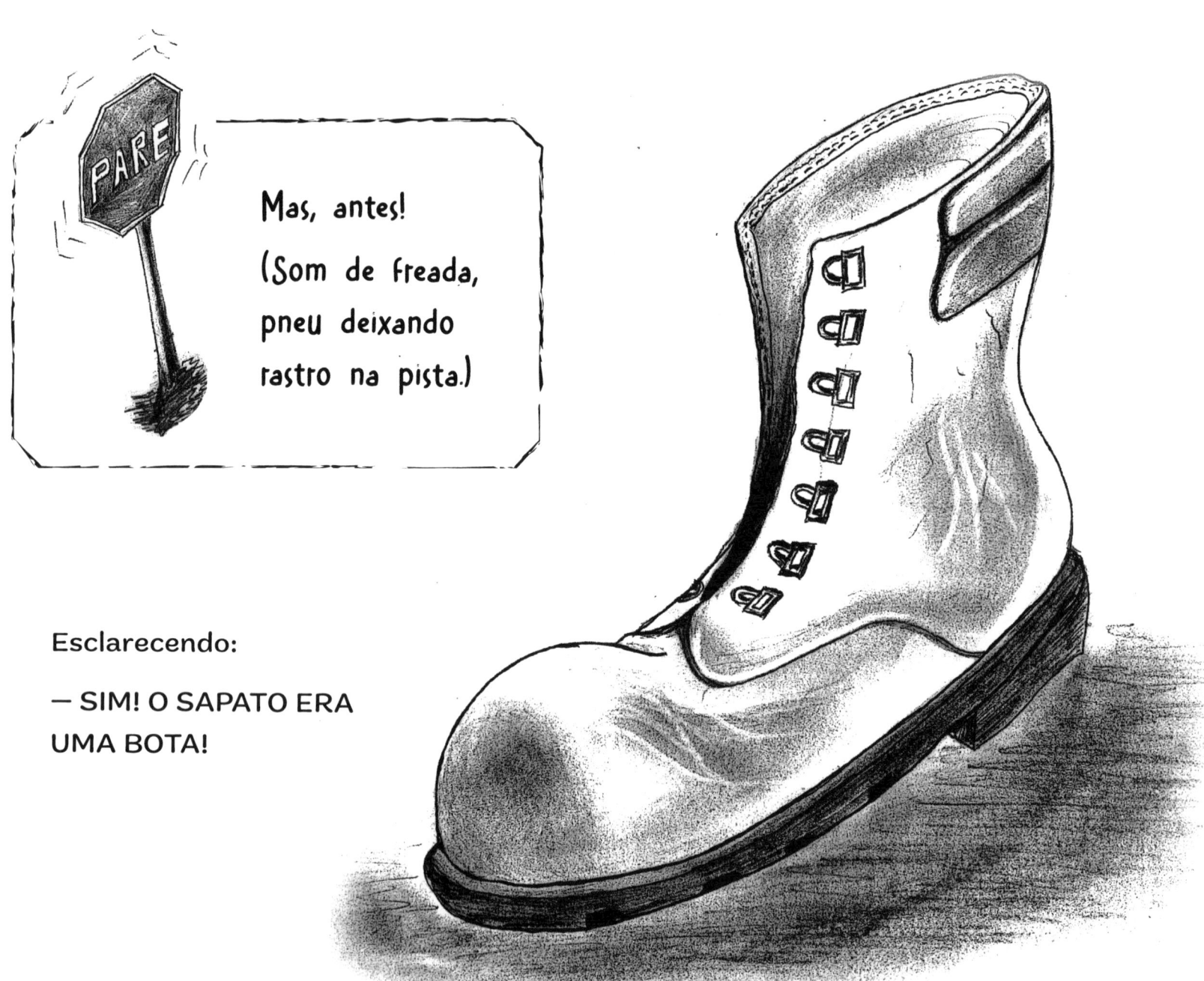

Bom, seus poderes eram:

Primeiro poder: velocidade 5 vezes mais rápida.

*As pessoas comuns correm a 10 km/h.
Então, o sr. Josh correria a _____ km/h com a bota! Uau!*

Segundo poder: invisibilidade.

Acho que não preciso explicar.

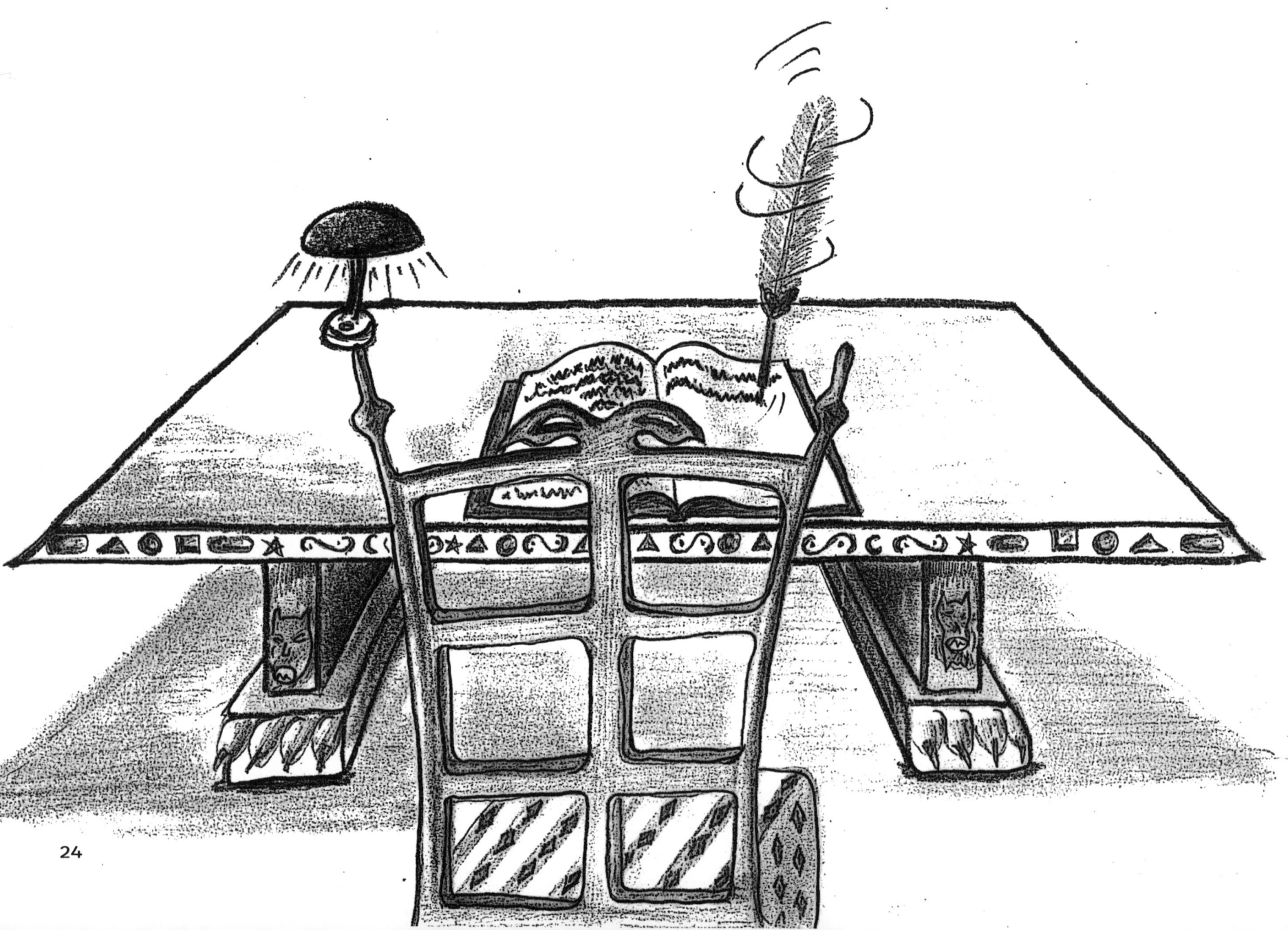

Terceiro poder: conseguir voar a 2.000 metros de altitude.

Altitude é a medida da altura contada a partir do nível do mar!

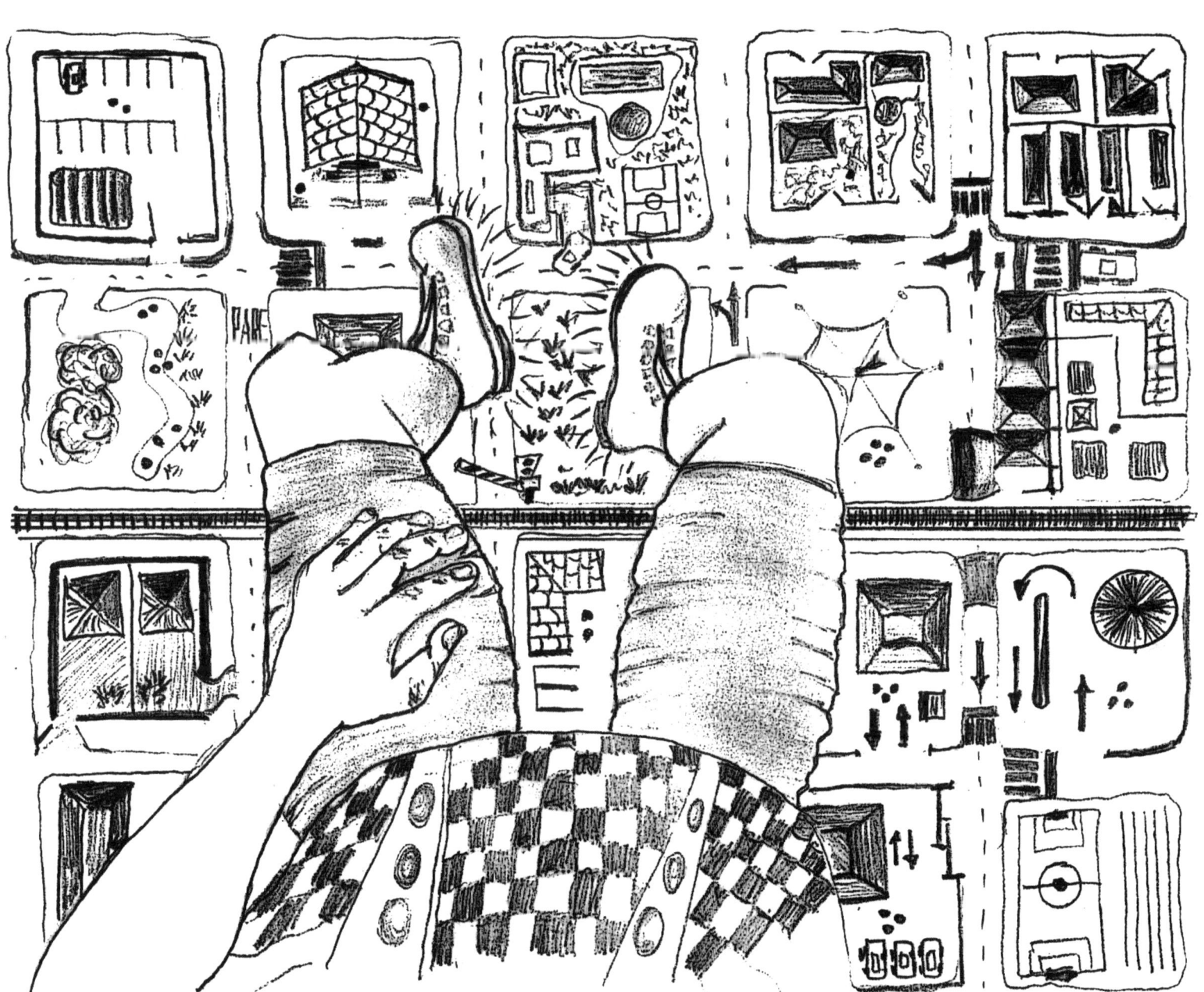

Quarto poder: fazer até quinze clones de si mesmo.

Às vezes com uns defeitos! – risos.

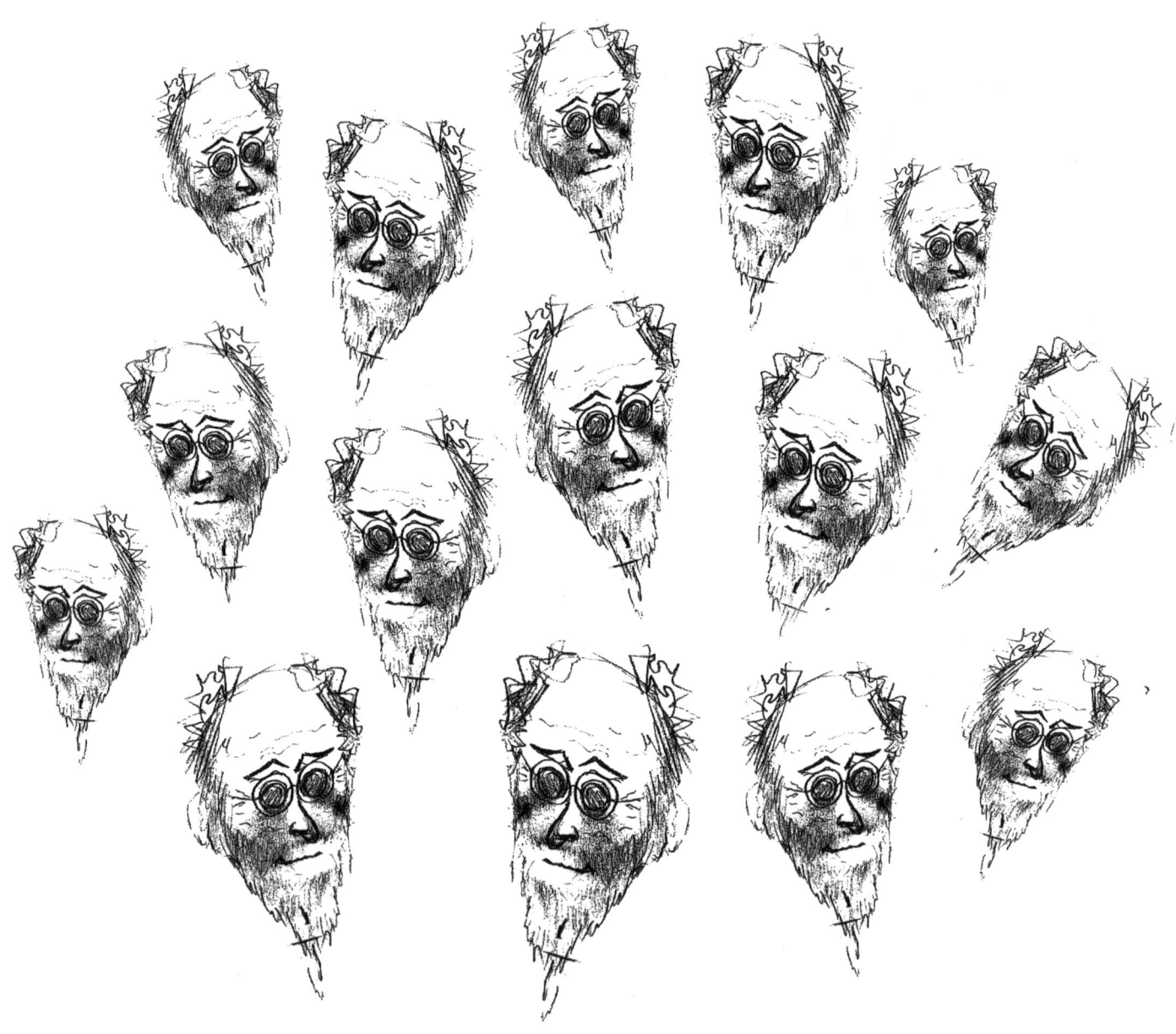

Shiiiiiiu!!! Escutem! Atenção!

O sr. Josh está, neste exato momento, contando sobre o dia... ops, sobre a noite em que perdeu o sapato... ou devemos dizer, bota?! Ah!...

— Era Réveillon, eu estava comemorando na varanda do 999º (nongentésimo nonagésimo nono) andar e, então, fiquei meio cansado, totalmente cansado, na verdade, e decidi ir para o meu quarto, descendo 499 andares.

Você imagina qual seria o andar do sr. Josh? Escreva sua resposta aqui:

_____

_____

Bom, se você colocou
500 (quinquagésimo),
VOCÊ ACERTOU!

CON-TI-NU-AN-DO

— Por questão de segurança, na hora de dormir, eu iria vestir a minha bota para ficar invisível. Eu não contei a vocês, meus filhos heróis! Eu estava sendo ameaçado. Assim, caso algum vilão viesse me pegar, eu estaria sumidinho da Silva. Só que quando fui calçá-la, ela não estava em seu local habitual, ou seja, no lugar secreto, que só eu acessava através de uma passagem secreta!

Sr. Josh se levantou de forma misteriosamente cômica e disse:

— Um minuto, meus queridos, preciso fazer xixi!

Todos estranharam e, então, o herói escrivão do depoimento perguntou:

— Meu pai, sr. Josh... É para registrar nos autos da liga essa última frase de seu depoimento?

Todos os heróis caíram na gargalhada!

E, no alto de sua sabedoria e idade de mais de mil anos, o sr. Josh respondeu:

— Faça como quiser! Eu não me importo.

E deu uma gargalhada marota como se tivesse mais de mil anos a menos!!!

Agora, consegue adivinhar o que o escrivão fez?!?

Era dia primeiro de janeiro de um ano além… E nunca aquela casa esteve tão atônita! O sr. Ancião nunca, nunca, nuncaaa… havia perdido algo e agora eram os heróis que estavam perdidos sem saber bem o que fazer para ajudá-lo. Era sempre o sr. Josh quem os ajudava com conselhos, ideias ou alguma solução que ninguém tinha imaginado antes.

Mas, enfim, o sr. Josh voltou do banheiro e continuou seu depoimento:

— Ultimamente o vilão de nome Cubíssimus me incomoda com ameaças. Ele não concorda que eu tenha tantos poderes assim, por tantos anos, mais de mil, como bem sabem!

E, então, os seus filhos heróis se perguntaram:

O sr. Josh contou também que, além disso, Cubíssimus previa o futuro e o destino. Portanto, ele sabia que um dia, num futuro distante, acabaria casando seu filho com a bebê Anny!

— Meus filhos, ele quer tomar meus poderes para ficar, o quanto antes, com nossa casa, com minha filha, sua preciosa irmã.

Todos os heróis ficaram horrorizados. Eles não queriam que o pai fosse destituído do poder e, muito menos, queriam ser liderados por um cubo tecnológico cabeça quadrada!

Então, desesperadamente desesperados, todos os heróis resolveram tentar, juntos, cada um à sua própria maneira e com seus poderes, achar a bota!
Mas... nada! Até o Herói Visão Raio-X tentou e não encontrou nada.

Ops!

A bebê Anny acordou assustada com esse grito.

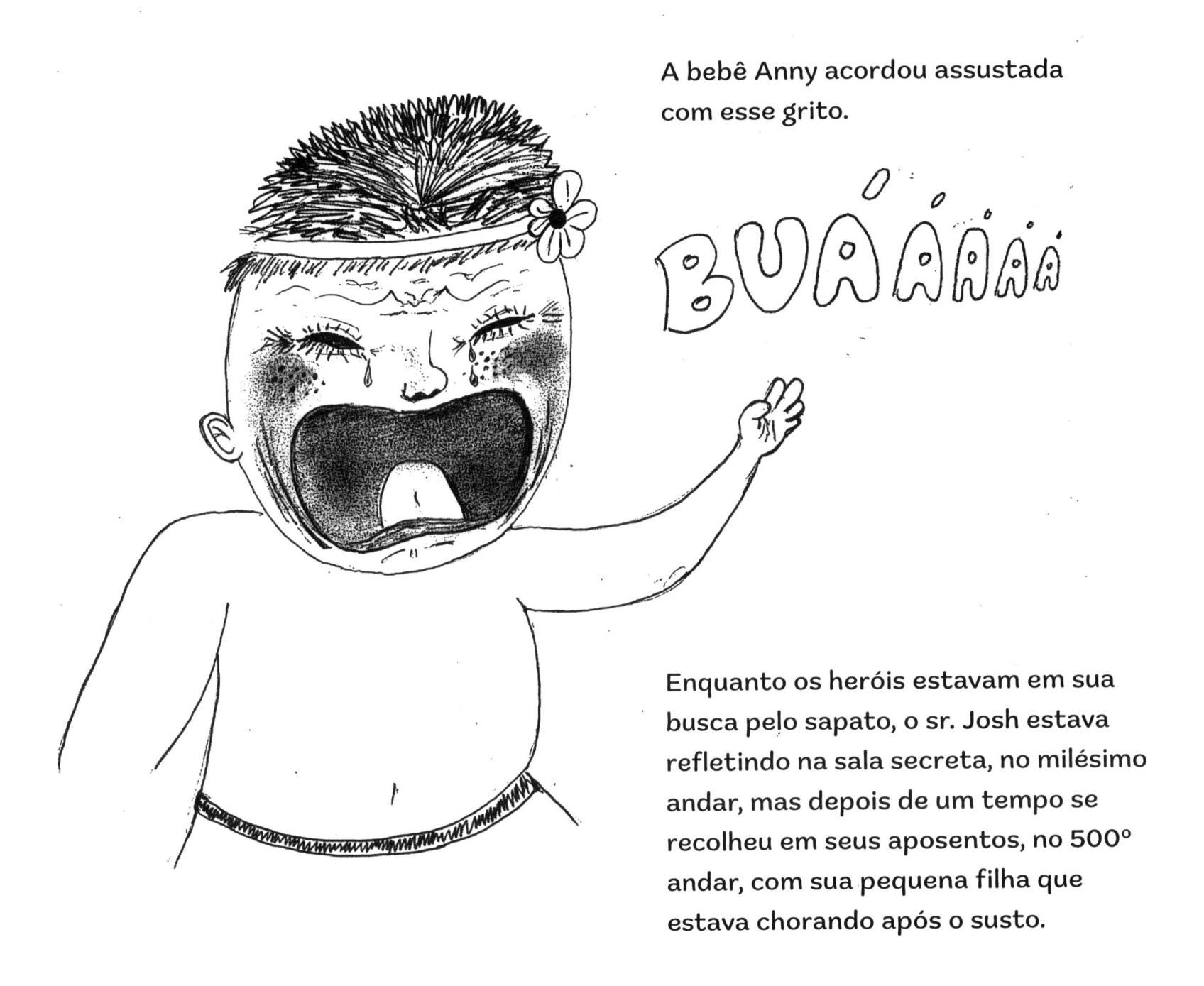

BUÁÁÁÁÁ

Enquanto os heróis estavam em sua busca pelo sapato, o sr. Josh estava refletindo na sala secreta, no milésimo andar, mas depois de um tempo se recolheu em seus aposentos, no 500º andar, com sua pequena filha que estava chorando após o susto.

Os heróis perceberam sua impotência na resolução do problema em um grupo pequeno, sem muita unidade, por isso optaram pela elaboração de um plano conjunto, sob a liderança, claro, de um dos filhos heróis, nomeado por sua principal habilidade:

HERÓI ESTRATÉGICO

Depois de mais de mil horas discutindo possibilidades...
Foram menos, foram menos horas... Mas, enfim...
Um tempão passou e, então, eles finalmente decidiram!

O plano era...
(leia baixinho para ninguém ouvir, tá?)

Metade dos heróis iria para a passagem secreta do sr. Josh procurar pela bota e a outra metade olharia as mais de mil câmeras da casa para investigar passos suspeitos e checar se o tal vilão Cubíssimus havia realmente feito algo naquela noite fatídica, como roubar o sr. Josh... Não exatamente o sr. Josh, mas sua bota. Não exatamente a sua bota, mas seus poderes.

Os heróis olharam tudo! TUDO! TU-DOOOO!

E sabe o que eles descobriram?

Circule o que você acha nas alternativas abaixo:

1. O vilão entrou na casa e roubou a bota.

2. A bota tinha vida, queria brincar e foi sozinha até o parquinho.

3. O sr. Josh guardou a bota no lugar errado e esqueceu onde colocou.

4. A bebê Anny pegou a bota para brincar e o sapato acabou jogado perto de seu berço, onde ninguém procurou.

5. O sr. Josh criou essa história como um desafio para seus filhos heróis que ficavam o dia inteiro sem fazer nada, além de jogar videogame e discutir por qualquer bobagem.

Você acertou se respondeu a ALTERNATIVA 2.

Sim! A bota queria brincar, pois cansou de ser usada somente como um item de poder.

Vejam! Ela ama jogar amarelinha, e no parque de diversões da cidade construíram uma super mega fantástica, chamada Amarelinha Tecnológica 5.0!

Foi aí que lhe surgiu uma vontade
de querer viver e aproveitar a vida,
de se divertir um pouco. Então, lá foi a bota,
inspirada, literalmente a botar o pé pra
fora! Simplesmente escapou, saiu voando
e seguiu, livre, leve e solta!

UHUUUUUUUUUUU!

PARQUE DA CIDADE
PIZZA PARQUE
ED. PARQUE 365
9876543
PROCURA-SE
BOTA !

Vejam!

Na Amarelinha Tecnológica 5.0 era realmente possível ir do Céu à Terra, ou ao contrário. Tudo dependia somente do que se estava sentindo, dependia de sua vontade e de suas escolhas.

PARAÍSO DOS SAPATOS

E a bota conheceu o Céu!

Nessa amarelinha, a cada salto, um jato de água saía do chão e impulsionava o jogador ainda mais alto do que ele poderia pular! Parecia um grande videogame presencial, ou um jogo de realidade virtual, só que na vida real, na vida de carne e osso, sabe?

Será que alguém ainda sabe o que é isso?

Bem, além disso, o contorno da amarelinha era luminoso e cada vez que se pegava a bolinha no chão era possível ouvir um trechinho da sua música preferida.

Uau! Era demais!

HA HA HA

Tá achando tudo isso muito maluco? Nós avisamos!

No parque, a bota do sr. Josh, com todos esses poderes, era a melhor, não só na Amarelinha 5.0, mas em vários outros brinquedos tecnológicos que haviam por lá. E assim, acabou chamando muita atenção: ela era aplaudida pelas pessoas bondosas e invejada pelas más, que logo avisaram o vilão mais poderoso da cidade sobre esse novo elemento na praça.

Onde está a bota? Circule na página.

Os malfeitores não tinham ideia de que a bota era do sr. Josh. Só queriam vê-la fora do parque para terem alguma chance de ganhar o jogo Pula-Pula Magnético, um brinquedão incrivelmente incrível! Ele era um tubo de vidro alto como uma torre. Tinha uma espécie de cama elástica com uma mola bem resistente na parte de baixo. Quando se entrava nele, precisava vestir uma mochila de metal.

> Você sabe dizer qual é o metal muito comum no dia a dia, usado para fazer moedas?
>
> _____
> _____

Se você escreveu níquel, ACERTOU!

Bom, a ideia era que a pessoa, a bota ou o ser cúbico, pudesse, lá dentro, ser atraído pelo ímã. O moço do parque controlava o brinquedo, ligando e desligando o magnetismo no topo da torre, de forma que quem estivesse lá dentro fosse puxado pro alto imediatamente, ou seja, criava-se um impulso gigantesco. O desafio era conseguir realmente encostar lá no topo. Quem conseguisse fazer isso não pagava o ingresso. A bota era craque, por isso brincava sempre sem pagar. Mas como os vilões não conseguiam ganhar da bota, nem tinham coragem de enfrentá-la "cara-a-cara", "mano-a-mano", "tête-à-tête", chamaram alguém mais forte para fazer isso por eles. A pior pessoa, na verdade, o pior vilão que se poderia encontrar.

Qual vilão você acha que foi chamado?

( ) CruelMan

( ) Cubíssimus

( ) Oãliv

( ) Ésrevér Shalf

( ) Rativas

( ) Nam Leurc rotsopmi

Se você respondeu Cubíssimus, ACERTOU!

Ele mesmo, exatamente o vilão que estava ameaçando o sr. Josh!

Os malfeitores não sabiam do interesse particular do Cubíssimus em capturar os poderes do sr. Josh, porém o que podemos dizer é que foi uma incrível coincidência a favor do vilão desta história!

Você sabia que o Cubíssimus tinha o poder de assumir a forma de qualquer objeto? Sim, queridos leitores. Terrível! E lá foi o Sr. Cubíssimus atender aos seus interesses.

A bota parou para descansar num banco da praça em frente à Amarelinha Tecnológica 5.0. Alguém esqueceu uma garrafa cúbica de água ali, no mesmo banco. E não é que o sr. Cubíssimus tinha se transformado nela?

TECNOL

5.0

ZOOM

A ideia dele era se aproximar da bota e convencê-la a sair do parque, na verdade, ameaçá-la com mentiras dizendo que o sr. Josh estava em perigo, para que ela não tivesse chance nenhuma de resistir. Mas veja o que aconteceu de fato.

A bota, que estava um tanto distraída, de repente ouviu uma voz irritante a chamando assim:

— Psiu, psiu, psiu.

Ela estranhou, olhou para os lados e o que viu foi uma garrafa com olhos, boca e nariz.

— Ah, que susto! — disse a bota e, acalmando-se, pensou um pouco e, entendeu que assim como ela, poderia haver seres muito diferentes uns dos outros, mais ainda do que aqueles que ela já conhecia... Oras! Ela mesma poderia ser muito estranha aos olhos de uma garrafinha cúbica: ela era uma bota alada sozinha num parque de diversões. E até que a garrafa era bem bonitinha.

E então, enfim, respondeu:

— Olá, prazer. Não me chamo Psiu. Meu nome é... — e começou a tossir muito.

A bota entrou numa crise de tosse por recordar-se de que não poderia revelar sua identidade para estranhos, ainda que esse estranho parecesse muito legal e fofinho!

Ah! O que você não imagina é que essa crise de tosse foi a deixa perfeita para o sr. Cubíssimus, em seu disfarce simpático, oferecer um gole de água para a bota. Ele disse:

— Ah, me desculpe. Ainda que eu não saiba seu nome, deixe-me ser gentil oferecendo a você um gole de minha água. Assim, quem sabe passe a sua tosse?

A bota achou um pouco estranho tomar a água do corpo cúbico garrafal falante, porém estava mesmo precisando, pois, além da tosse, depois de tanto brincar, estava ficando com seu couro ressecado!

Sr. Cubíssimus estava ansioso, pois essa situação estava melhor do que a encomenda. Ele abdicou do plano pensado e, a partir da tosse da bota, realizou o plano improvisado perfeito, que estava prestes a concretizar!

Nada como se fazer de bonzinho para conseguir que pessoas boas se aproximem… Essa tosse veio no momento mais oportuno, pensava o sr. Cabeça Quadrada.

Que malvado!

Então, no momento em que a bota deu o primeiro gole d'água da garrafa, foi aspirada para dentro dela, ficando pequeninha e presa lá. Sem querer, acabou facilitando seu sequestro pelo pior vilão, que conseguiu, dessa maneira, raptar os poderes do sr. Josh!

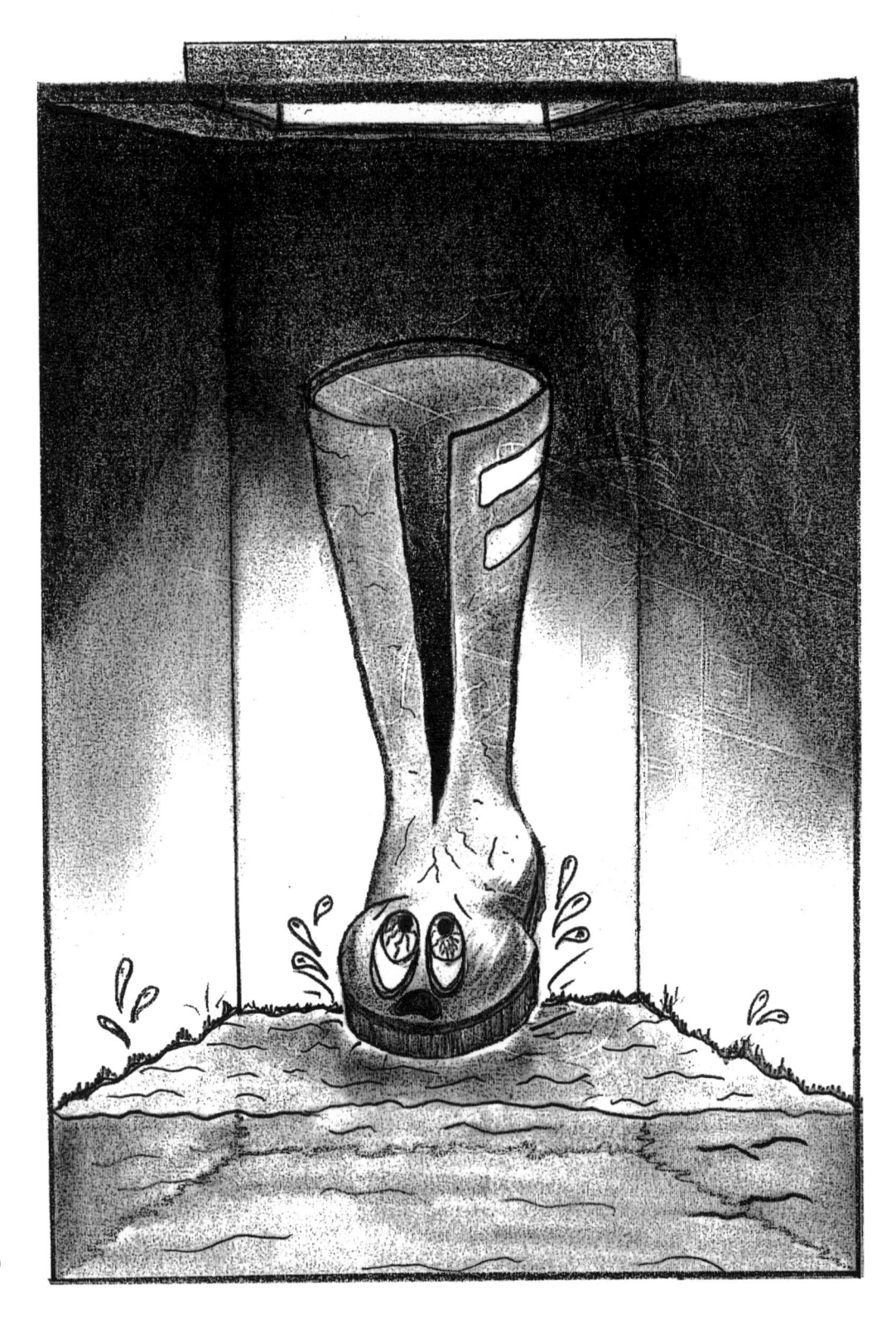

O sr. Cubíssimus levou a bota para o seu quartel-general. Ele ficou tremendamente mal, que é o mesmo que dizer que estava feliz do lado reverso, achando que havia conseguido concluir seu plano cúbico maligno: enfraquecer o sr. Josh e tomar tudo dele. Porém, o que ele não esperava e não sabia é que a bota tinha contato telepático com os computadores da casa de mil andares. E agora, ufa, que bom, o sapato queria ser encontrado.

No mesmo momento em que os heróis tinham acabado de descobrir a verdade de que a bota havia saído por conta própria, a casa toda ressoou e acendeu. Era o alarme de contato telepático tocando.

Sim! Era a bota, pedindo ajuda e enviando arquivos telepáticos para contar onde estava, além de imagens de todas as passagens secretas do quartel-general do super vilão Cubíssimus.

Que sapato danadinho ou, devo dizer, que bota danadinha!

Os heróis estavam confusos, pois não sabiam se ficavam bravos ou felizes, se davam uma bronca nela por ter saído sem avisar ou se pulavam de alegria por a terem encontrado. De qualquer maneira, foram em disparada resgatá-la!

E, assim, o sr. Cubíssimus foi pego de surpresa e levado à E.E.C.R.R.A: Escola Espacial Cúbica de Readequação ao Respeito Alheio. É importante dizer que havia muitos outros seres cúbicos que eram do bem e, por isso mesmo, concordavam com o corretivo ao sr. Cubíssimus.

Lá se aprendia a treinar as próprias forças, de modo a utilizá-las para o bem comum e o próprio. Havia ensino sobre inveja, roubo e as consequências terríveis desses sentimentos e ações maléficas. A ideia era ensinar a ajustar o uso dos próprios poderes, sabe?

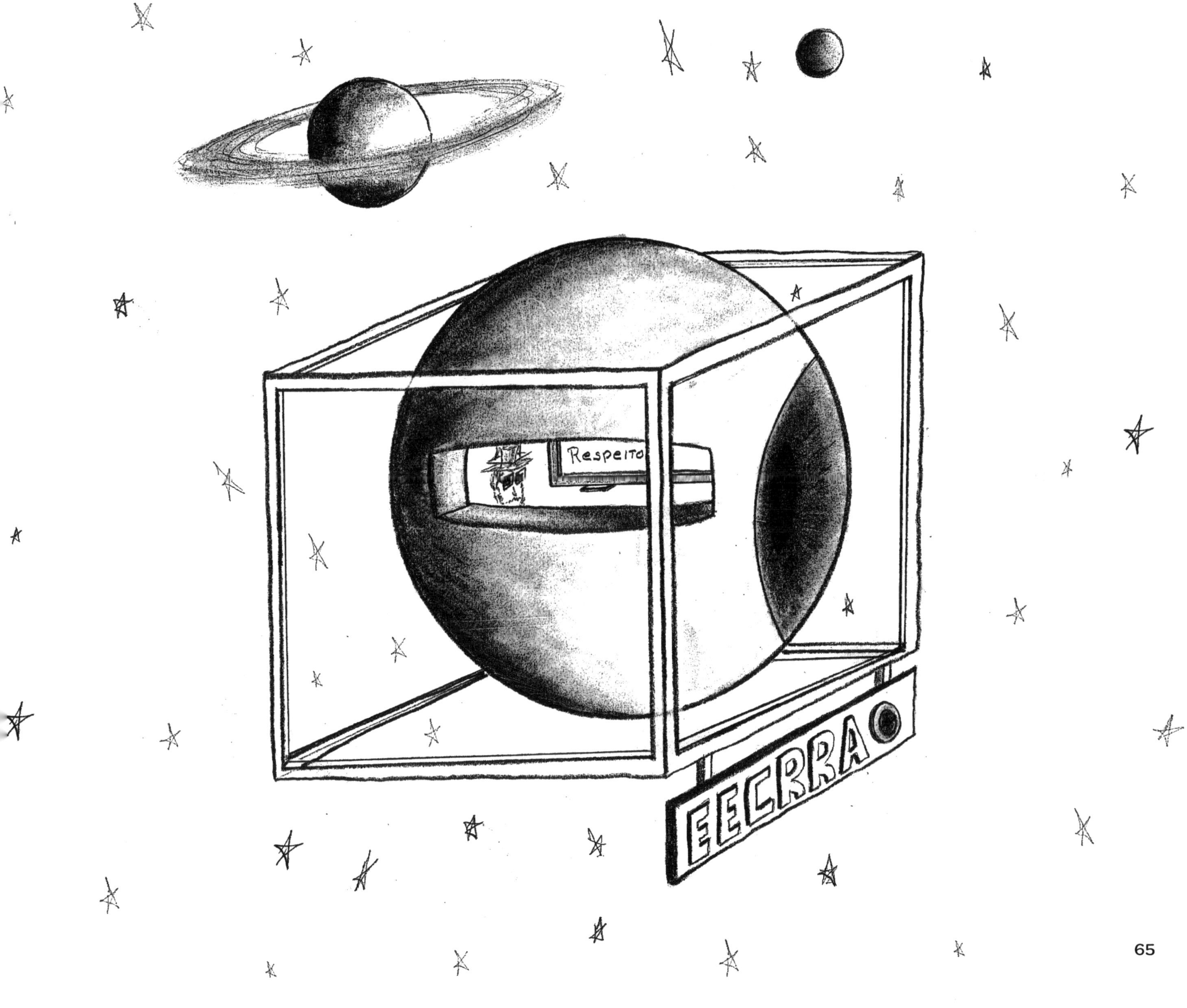
Respeito
EECRRA

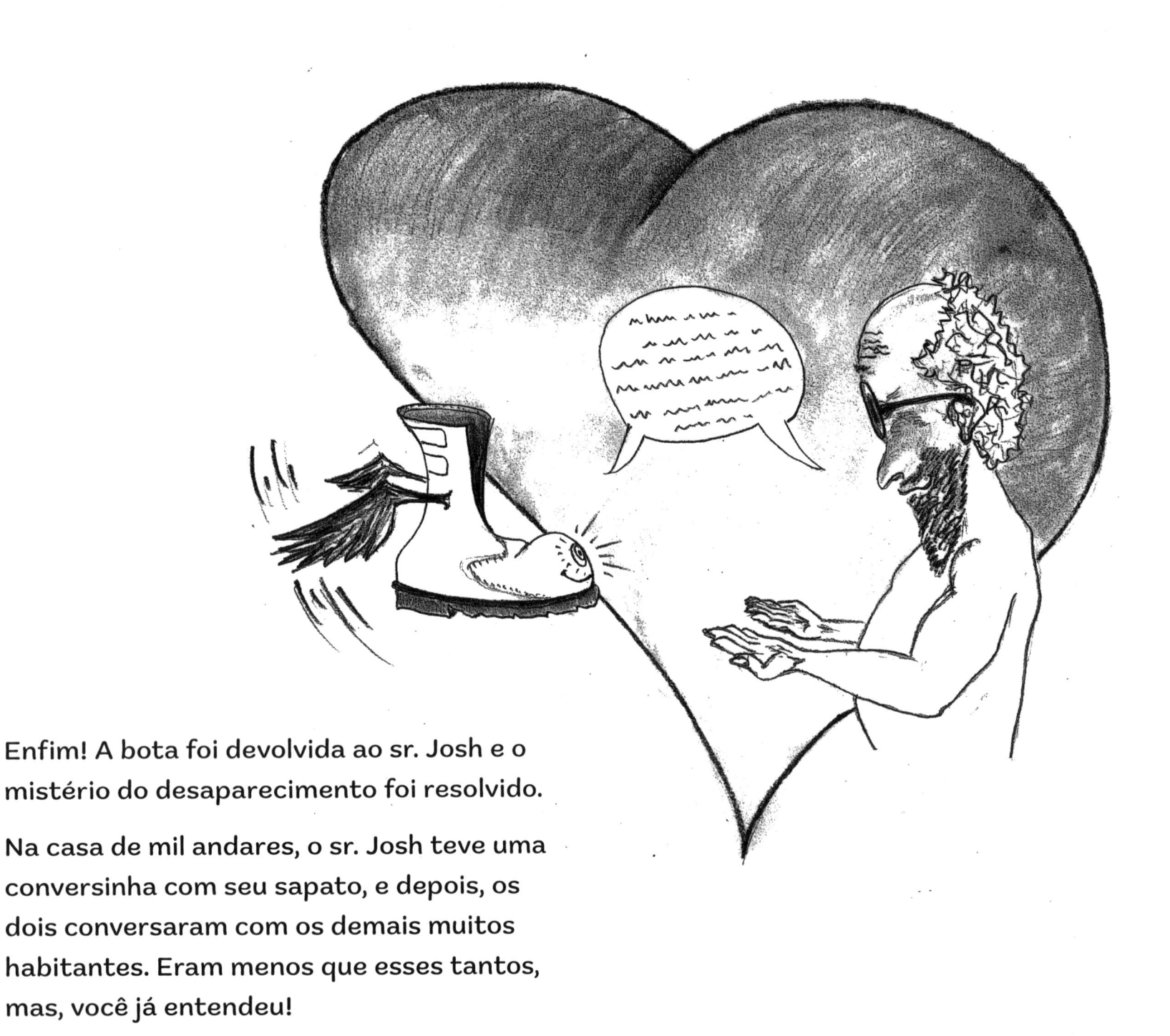

Enfim! A bota foi devolvida ao sr. Josh e o mistério do desaparecimento foi resolvido.

Na casa de mil andares, o sr. Josh teve uma conversinha com seu sapato, e depois, os dois conversaram com os demais muitos habitantes. Eram menos que esses tantos, mas, você já entendeu!

Nessa conversa, todos concordaram que a bota não só poderia, como deveria, ser respeitada. Assim, ela sairia mais vezes livre e sozinha, mas não sem avisar os outros, além de seguir os horários de funcionamento da casa:

1. Não voltar depois das 22h, pois é o horário de todo mundo dormir.

2. Escrever um bilhete para avisar que saiu, caso não tenha ninguém em casa.

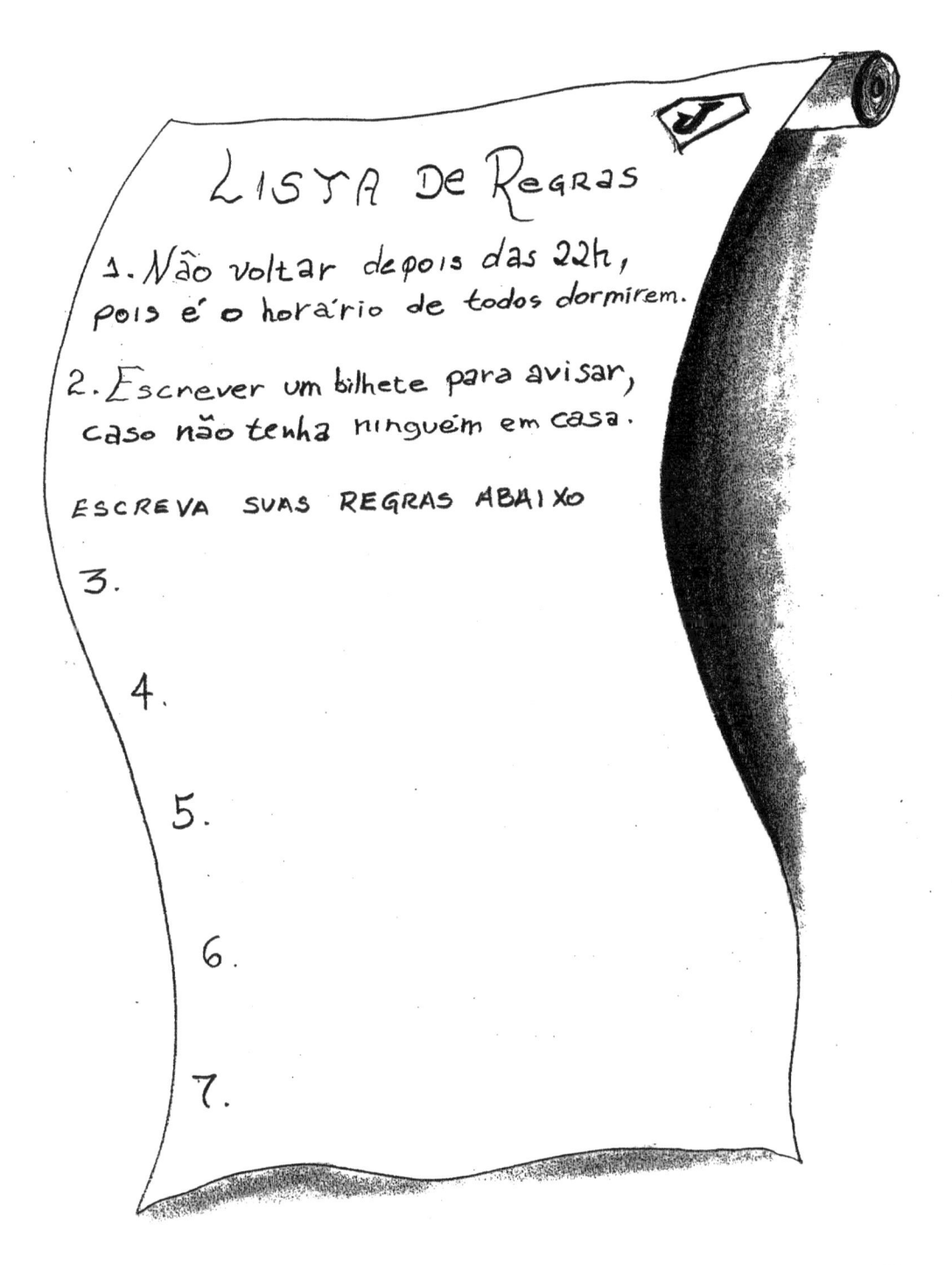

LISTA DE REGRAS

1. Não voltar depois das 22h, pois é o horário de todos dormirem.

2. Escrever um bilhete para avisar, caso não tenha ninguém em casa.

ESCREVA SUAS REGRAS ABAIXO

3.

4.

5.

6.

7.

Assim, a bota ficou contente, pois não seria somente usada como um item de vestuário, ou para ser útil com seus poderes. Ela seria um membro da família, que tinha, como todos, os seus direitos e deveres.

A bota ficou tão feliz que gostaria de passar mais dez mil anos com o sr. Josh!!!

É importante dizer que a história do desaparecimento do sapato teve um resultado que ninguém esperava: membros da casa começaram a conversar mais, se ouvir mais, entendendo que cada um tem suas liberdades e obrigações, aprendendo a se respeitar como pessoas (e botas) únicas, mas também a se respeitar como equipe.

E o sr. Cubíssimus?

Bom, aprendeu que o mal não é bom!
Mas que ele precisa ser percebido
para poder ser combatido. Além disso,
aprendeu a parar de antecipar as coisas
e de pensar em casar o seu filho, que
ainda era pequeno, com a bebê Anny.
Ao contrário, era melhor eles brincarem
como as crianças precisam fazer.

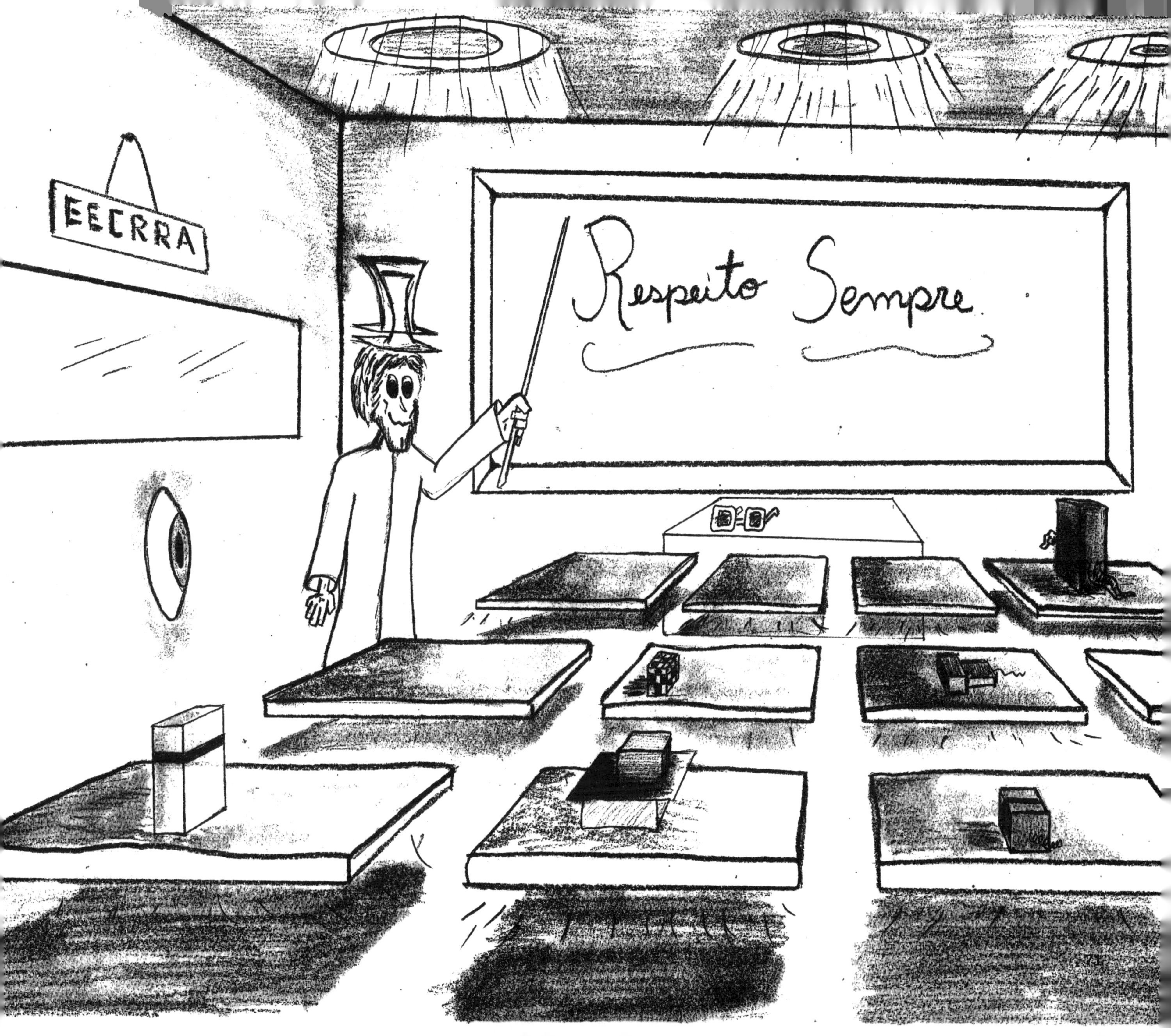
EECRRA
Respeito Sempre

Para você, o que o Sr. Cubíssimus está fazendo?
E por quê?

Enfim, a grande Torre de Babel se organizou e a sra. Josh, que até então estava sozinha, absorta nos cuidados com a bebê Anny, apareceu e, entregando-a ao colo do sr. Josh, começou a rir muito alto e a bater palmas, sem ninguém entender a razão.

— Meus filhos, tudo isso nos trouxe uma grande lição, a de que não é necessário esperar que algo ruim aconteça para nos atentarmos às faltas que estamos cometendo; não é necessário haver perdas para que ganhemos algo.
Mas que bom que nós pudemos resgatar a nossa família como uma equipe e perceber o quanto de atenção e respeito é necessário dar aos nossos poderes e a quem está mais vulnerável, como a pequena Anny. Não tenho mais palavras para descrever, mas sei que podem compreender!

Sabiamente como sempre, a sra. Josh havia deixado posta uma mesa repleta de bolinhos de chuva para o deleite da família, feitos a partir da receita da vovó Josh.

Depois, ao anoitecer, enquanto todos dormiam, a sra. Josh, ao lado da lareira, pôde terminar de escrever mais esta aventura no livro de mil histórias da família Josh. O nome desta nova aventura, você já deve saber:

O DESAPARECIMENTO DO SAPATO DO SR. JOSH.

Ei, você não notou nada estranho?
Como poderia a sra. Josh terminar de escrever?
Essa história já estava escrita?

Sim, por ela mesmo!
Não conta pra ninguém.
Mas, você observou
que a sra. Josh escreve
com uma flor?
Sim, a flor em seu
chapéu! Pois é, ela é
mágica e as histórias
que ela escreve
tornam-se realidade.

76

No dia seguinte, o casal Josh conversou e percebeu que seus filhos heróis, por mais crescidos que fossem, ainda precisavam de sua atenção, que havia ficado por muito tempo concentrada apenas na bebê Anny.

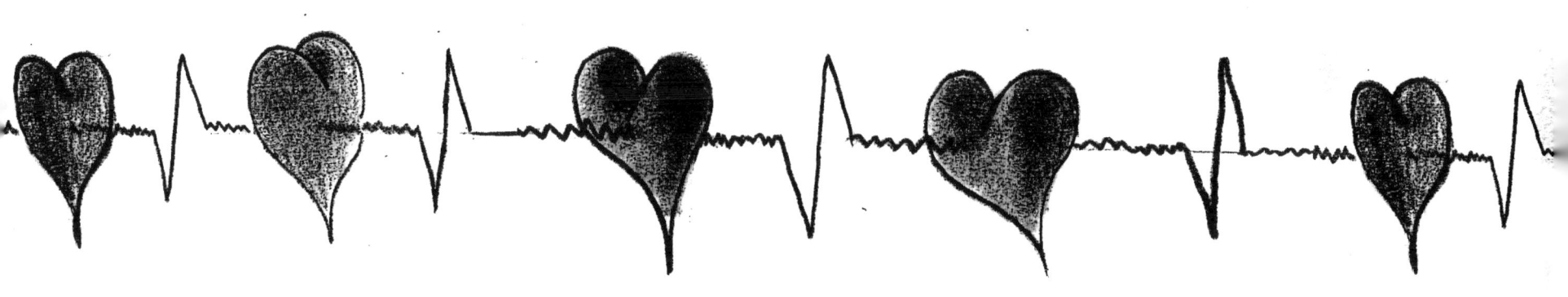

Assim, a sra. e o sr. Josh ficaram mais atentos aos afetos e demandas de cada um dos filhos.

Com o passar do tempo, por conta da interação mais harmoniosa na casa de mil andares, a família se reunia cada vez mais, cada um do seu jeito, ocupando seu espaço, com a certeza de que aventuras conjuntas são sempre muito positivas, pois nelas é possível contribuir com o que se é e com o que se tem...

...e só assim viveram felizes para sempre!

— FIM! —

Esta obra foi composta em Marigny 14 pt e impressa em
papel Offset 120 g/m² pela gráfica Digitop.